一川风月

吉祥 著

Beautiful
World

台海出版社

图书在版编目（ＣＩＰ）数据

一川风月 / 吉祥著. -- 北京：台海出版社，2024.1

ISBN 978-7-5168-3734-4

Ⅰ．①一… Ⅱ．①吉… Ⅲ．①散文集－中国－当代 Ⅳ．① I267

中国国家版本馆 CIP 数据核字（2023）第 211040 号

一川风月

著　　者：吉　祥	
出 版 人：蔡　旭	封面设计：唐笑笑
责任编辑：赵旭雯	

出版发行：台海出版社
地　　址：北京市东城区景山东街 20 号　　邮政编码：100009
电　　话：010-64041652（发行，邮购）
传　　真：010-84045799（总编室）
网　　址：www.taimeng.org.cn/thcbs/default.htm
E - mail：thcbs@126.com

经　　销：全国各地新华书店
印　　刷：武汉鑫佳捷印务有限公司
本书如有破损、缺页、装订错误，请与本社联系调换

开　　本：880 毫米 ×1230 毫米　1/32
字　　数：75 千字　　　　　　　印　张：7
版　　次：2024 年 1 月第 1 版　　印　次：2024 年 1 月第 1 次印刷
书　　号：ISBN 978-7-5168-3734-4

定　　价：81.00 元

版权所有　翻印必究

目 录

第一章 自我的消融 /1

第二章 头脑 局限 无限 /28

第三章 有限的认知 叠加态的意识 /60

第四章 见到除你之外的其他 /95

第五章 爱是一种状态 /126

第六章 存在本身就是生命的答案 /179

第七章 从一切"已知"中出离 /193

第一章 自我的消融

001

当"你"意识的主体"停滞"到你是整体中的某个个体时,"你"就成了你,并进入时间线性循环的牢笼之中,无始无终的持续"运动"……

002

你只不过是头脑中过去的你,或者是基于过去幻想出的未来的你,但是现在并没有你……

003

你只是在逃避"真实"的自己,所以才有了对于自己应该是什么样子的定义……

004

我是谁,我从哪里来,我到哪里去,这是关于自我定义以及时间与空间的讨论,然而它们本身是虚幻的呈现……

005

你要找到自己吗？什么才是真正的自己？是身体？是心灵？还是一种认知的层面呢？你眼中的你不是你，别人眼中的你也不是你，其实一切都不是你，也包括"你"……

006

正在睡觉的你不是你，意识到正在睡觉的你才是你；正在吃饭的你不是你，意识到正在吃饭的你才是你；正在看书的你不是你，意识到正在看书的你才是你……

007

凡是那些能被你找到的你都不是"你",它们都是由头脑基于"已知"对"自我"编织出的执着……

008

自我并不真实存在,他只是由无数个"已知"累积到一起的认知总和……

009

头脑永不停歇且循环往复地在"编剧",以证明自我是真实存在的,包括戏剧化所有"经历",极端化所有"觉受",来让"存在"的感受更深刻,"自我"的认知更完美……你所经历的一切,只是头脑为你编织出逼真的自我体验,并不是真正的自我……

010

你无法找到自己,但他又以"存在"的状态时刻全新着,他不是停滞的,当你不再寻求找到自己的时候,一切都是自己,迷茫的是自己,清醒的是自己,幸福的是自己,悲伤的是自己,愤怒的是自己,平静的是自己,谎言的是自己,真实的是自己,是片段的也是整体的,是瞬间的也是永恒的……

011

你是新生,也是寂灭,你是一切,也本虚无,一切都是你,同时你也是一切……

012

当下的你,难过的你,幸福的你,无知的你,情绪化的你,一切的你,无限可能的你,而"你"以它们叠加态的形式"存在"着……

013

　　一切的经历只是让你认识自己，但是经历无法定义你，事实上只是你定义了经历，同时经历诠释了你……

014

　　任何层面对自我的认知都是"停滞"的，但你与变化，本互为彼此……

015

"自我"是不被确定的确定者本身……

016

"我"理解我,但我不理解"我"……

017

你并不是"你",只是你所需要的形象……

018

人们总是以陷入某个概念中,并以保持执着的方式循环往复的"自我维护"……

019

　　人们终其一生都在努力构建一个并不真实存在的"自我",为了逃离这个"实相",人们选择了用各种方式维护"自我",以此证明这个主体的自我真实存在,例如,有"胜利者"的心态,也有"受害者"的心态,等等。因为有个主体"受害"或者是"胜利"了,就证明这个主体是存在的,那么自我也是真实存在的……

020

　　你的想法不是你的想法,你的情绪也不是你的情绪,它们都是在集体意识的推动下经由头脑产生的"自我维护"……

021

人们往往都是在维护自我,以及维护一切与自我相关的事情;外界并没有诋毁你,只是在以诋毁你的方式维护自己。同时,外界也并没有赞美你,只是在以赞美你的方式维护自己。

022

无论任何层面的对自我身份的认同以及定义,其实都是一种"偏见"……

023

越是自我维护的人,"听力"越不好,他们只选择听取自己愿意听到的声音,并以此佐证自信或加深自卑,以证明"自我"的存在性,而且存在得有意义……

024

任何形式的生活,本质上并没有什么不同,只是你认为哪个是更有意义的,而从中做出了选择,其实人类的一切行为都只是在以"自我维护"的方式打发"无聊"……

025

任何意义都是头脑进入某个概念系统内，基于"自我维护"的一种"自嗨"……

026

不管你是出于什么目的，哪怕是以帮助的名义，只要你试图改变对方，这都是源自你内在深处的"自我维护"，你只是想要对方也按照你的标准来进行事物之间的关联活动……

027

真正的利己主义不是不顾及别人的看法以自己喜欢的生活方式去生活，而是不允许外界是多样性的，并且只希望外界也按照自己喜欢的方式以及认可的模式去生活……

028

其实人们并不会因为过去的"伤痛"而影响当下，他们只是选择了在此刻以持有过去"伤痛"的方式来"自我维护"……

029

你对外界的评判,是因为你自己内在深处的脆弱与不安,而对此做出的自我保护……

030

世界上并没有什么是真正的使命,只有伪装成使命的偏执。换句话说,凡是冠以"使命"为外衣的,其内在都是以"偏执"为基础的一种自我陶醉……

031

　　自卑感来源于"理想的自我"与"实际的自我"之间的差距,它与自我之外的其他事物毫不相关。而自我否定来自一个人强大的自我,越是坚定的人反而越是自卑,因为真正"自信"的人没有什么是一定"要"的,他时刻是流动以及全新的,是全然的允许……

032

　　所谓成长就是从"自我维护"到"自我消融"的过程……

033

　　以无数个"单独"合为"整体"让"自我"死去,从"整体"化为无数个"单独"中迎来"新生"……

034

　　关于"自我消融",你要消融的是对自我的认知,而不是自我,因为自我本质上并不真实存在……

035

当你对外界不再以自我维护为基础而做出反应,就是自我消融……

036

当你可以在生灭中洞见并无生灭时,就是自我消融……

037

当自我可以完整地呈现时,它自然也就被消融了……

038

真正的谦虚并不是把自我放得很低,而是完全没有了自己,就像消融在了整体里……

039

如果你没有自我完整,就不会给予真正的爱,然而自我完整,就是你可以全然地允许一切事物的自然呈现……

040

允许里面有很深的智慧,允许你的不允许,是更深层次的允许……

041

  傲慢与谦卑、幸福与痛苦等一切对立与分别,其实都是同根同源的,它们都是依据自我而产生的,当自我消融,它们也便都没有了立足之地……

042

  当你的认知停滞在某一处,就是所谓的执着……

043

　　对于任何事物尽信的执着（包括对于科学），都是一种"迷信"……

044

　　一定不要信奉以及崇拜任何个体，那样你只会永远在他的影子里……

045

　　一旦对某一个事物有了该如何达成的念头，你就进入了对这个事物的定义及认知的执着中……

046

　　当你陷入某个二元对立的执着中不可自拔时，痛苦和混乱的感受会随之而来，这时请你不要对抗它，那样只会制造出更多的对立与分别，去直面它，与它在一起，它自然会把你带离"狭隘"……

047

你的烦恼源自你对事物的定义以及认知所产生的执着,而并不是事物本身。

048

"说谎",也是一种坚守,他执着于那个坚守的"事物"而恐惧失去……

049

真正束缚你的不是"执着",而是你对"执着"的依赖……

050

你只是需要从对一切的执着中出离,而不是从一切中出离……

051

我不再执着于放下执着,当我全然地执着,就已不再"执着"……

第二章 头脑 局限 无限

052

时间在头脑线性的运动下永远是向前运动的，无法被中断，因为它本身就是基于头脑线性运动而产生的，或者说时间的本质就是头脑……

053

时间并不真实存在，但是你感受到时间的流逝也是真实的体验，是你的意识在无数个同时并平行发生的过去、现在与未来的穿梭中，被头脑所抓取的感受……

054

　　时间与空间是基于头脑线性运动下而呈现出的一种"幻觉",而你的感觉与情绪是一种认知的呈现,是一种未被具体量化的"信息与数据"……

055

思维是由头脑线性运动而产生的……

056

思维,创造了事件;事件,影响了思维……

057

生死、成长、进化、因果、成为、获取、学习、改变等这些都是时间的产物,当你结束基于头脑线性运动的思考,他们便不存在……

058

关于是先有鸡还是先有蛋，当你结束了头脑线性的思考，你会知道正是因为有鸡所以有蛋，它们并没有先后顺序，它们是同时发生的……

059

当你不再有累积的意图，并且头脑能跳出只在"已发生"事物之间运动的时候，你便是"全新"的。但是从整体的角度看，你本来就是"全新"的，但这"全新"已经不再有变化的属性，因为它已经结束了线性关系的运动变量……

060

我常说一切都是自然的流动,而这里的"流动"也只是头脑线性思维下的产物,然而从整体的角度来说并没有流动,因为并不存在一个真实且可以运动的空间……

061

头脑的运行往往都是由语言系统构建而成的,然而语言本身就是有局限的……

062

与其说思维用语言来表达是有局限的,不如说思维被语言局限了,它已经成了语言的奴隶……

063

思想是头脑依据"已发生"做出选择后,从整体中坍缩出来的一种呈现,当你成为无选择的,你就是整体本身……

064

思想是头脑在不断重复那些"旧事物"排列组合的过程中所产生的反应,因此它本身就是"陈旧"的……

065

很多人认为自己在思考,其实那只是头脑对"旧事物"的重新排列与组合……

066

思想是"自我维护"的影子,头脑使其在线性的运动中不断更迭,永续存在……

067

真正的懒惰,并不是行动上的停滞,而是思想不愿意突破与改变,有句话说"故土难离",其实难离的并不是故土,而是你对故土的执着……

068

很多人说来到这世界上要完成各式各样的功课，但其实你并不需要完成任何形式的功课，世人最大的功课就是停止头脑的运动，并且放下一切做功课的思想……

069

在头脑的运作下，世间所有的发生都是"合理的"，所有的发生都是在你已知范畴内重复地排列组合。

070

　　已知的奇迹不是"奇迹",奇迹在一切未知里等着你……

071

　　你所看到的一切,都是"头脑"运用认知与定义而编织出来的幻象……

072

"想要成为什么"是头脑基于"已知"的活动……

073

如果你期待要成为什么，或要保持在某种状态中，这是头脑以排列"已知"的方式寻求确定性，并没有全然接纳"你"的多样性。不过这种期待与寻求也是"你"多样性的一部分……

074

　　恐惧是头脑基于"已知"对未来的想象而产生的情绪……

075

　　"恐惧"只是驱动头脑不断地去寻求确定性的动力，和"现实"毫无关系……

076

对经验的依赖源自对未知的恐惧，由已知经验累积而成的行动模式会给予头脑安全感，然而一切事物都是发展与变化的，时刻全新就是无限的自由……

077

凡是以"恐惧"为基点延展向前的，都会以收获短暂浮华感受到瞬间"满足"的方式，从而进入更大的恐惧，并由此不断循环往复地延展向前……

078

人们之所以会烦恼和恐惧,是因为人们不是活在过去,就是在担忧未来,当你能安住于当下、停止头脑的编剧与想象,这本身就是对烦恼和恐惧的终结。

079

事物往往都不会像想象中那么"糟糕"或"美好",头脑总会为还未经历的事编造出更"夸张"的版本的映像,包括所谓的失败与成功,甚至所谓的死亡,那都是头脑为你编织出来的故事……

080

其实头脑的想象才是有限的,反而"现实"的发生是有无限可能的……

081

你无须打破任何"局限","局限"并不真实存在,它只是基于你内在的分别而产生,"局限"本身就是一个定义。

082

你无法超越定义,"超越"本身就是个定义……

083

若没有了头脑,便也没有了局限,唯一使你受局限的就是头脑本身……

084

　　所谓"局限"只是因你的需要而存在，它本就是你为自己创造出来的。

085

　　当你选择追求无限，那么它便成了一个披着无限外衣的局限……

086

真正的无限，它的对立面不是局限，而是结束了无限与局限之间的对立与分别。

087

你的评判是一种局限，而你的热爱是你更大的禁锢……

088

如果你的头脑没有概念、标准、定义，也就不会寻求自由，更没有了束缚和禁锢……

089

你并不需要从"烦恼"中出离，而是不要陷入烦恼的概念中……

090

所谓迷失,就是你掉进了迷失的定义里……

091

假设,是得出一个认知的前提。所以一切定义都是建立在假设的基础上而产生的,这本身就是一个虚幻的呈现……

092

凡是被定义成什么是重要的,都是被他人制造出来的所谓的"刚需",他们只是利用了人们内心深处不被察觉的"恐惧感"……

093

我不认为什么是难以做到的,因为"难以做到"本身就是一个定义,但如果你非要问我什么事是最难以做到的,那么我会说:没有什么比停止自我欺骗更难以做到了……

094

其实一切都是"概念系统",比如数学,系统涵盖定义,定义支撑系统,公式就是其中的定义,没有公式就无法支撑数学,没有数学公式也毫无意义……

095

你不需要去探索任何"概念系统",它只是定义在其系统内的无限循环,你需要的是对"世界"全然的观察与探索,所以我常说你要从所有"累积"的意图中出离……

096

你无须去任何概念系统中寻求答案,因为那也只是那个概念系统中的一个概念……

097

判断与分析,其实只是在为你"先入为主"的概念以及定义找个支撑点。但事实上,分析往往经不起"分析"……

098

　　理性只是局限性定义的奴隶，它蕴含了无限且重复循环的"应该是"……

099

　　你要去理性地思考理性本身是蕴含着局限性的……

100

　　凡是逻辑的，都会使你陷入局限的"虚妄"当中……

101

　　逻辑本身并没有逻辑，逻辑是一个看不见且透明的牢笼……

102

人们之所以相信逻辑，源自人们的思维会相信过往的经验中一直循环发生的事情，在未来也必定是如此循环地发生……

103

我们通过头脑创造了过去，而不是我们由过去而来。

104

　　并不存在真正的过去,所有的"已发生"都是头脑编织的故事……

105

　　头脑相信的故事,呈现为眼前的事实。而眼前呈现的事实,也是头脑相信的故事。

106

　　越简单越有力量,但头脑一直在"消减"你的力量……

107

　　当放下头脑中的设定,你会变得简单,并且会越来越简单,直至简单到成为整体……

108

"真理"不是基于因果关系,它是绝对的"简单",因果只是一种解释,是事物之间相互关联在线性思维下所产生的服务于头脑的确定性定义……

109

头脑是个"导体",无数个头脑连接成了世界……

110

你不会有实际意义上的独立思考,因为你的头脑不是"绝缘体"……

111

"努力"是头脑在读取定义后的选择,凡是经由头脑的,都有背离"真实"的可能性……

112

有头脑,就不可能有爱,当爱真正发生的时候,也是自我消融的时候……

113

谁若告诉你这个世界的本质是苦的,那么他本身就是一个思想的"难民"……

第三章 有限的认知 叠加态的意识

114

能量来自哪里?能量来自认知,因为能量本身也是一个认知……

115

认知是一种"频率",并不是认知导致了"频率",而是"频率"影响了认知,有效沟通是认知的一种"同频"活动。

116

重要的不是事物本身,而是你怎么看待事物……

117

世界的完美与否与世界本身无关,而在于你对世界的认知和判断……

118

没有"不好"的环境,只有固定不变的认知……

119

所有情绪的波动都源自某种固定不变的认知……

120

所有的知识、观点以及领悟,都只是看待事物的一个角度,是暂时的结论,且会不断地更新……

121

任何形容词都不是事物本身的属性,它只是观察者由定义产生认知而对事物的描述,事物本身并没有任何属性……

122

观点和认知在不断被推翻的过程中实现更新和迭代，一切都是全新的……

123

科学本来就是可以被伪证的，如果你把一个时段性的科学认识当成判断事物的唯一标准，或者是把它当成真理,这本身就是非常不科学的……

124

所有绝对的事物都不是科学的，科学的与绝对的是互为对立的……

125

所谓"真相"，只是一个暂时的认知，它会随着外界以及认知的变化同步变化着。就连此刻看似正确的信念，它依然存在局限；当你不再执着于任何信念时，你才有可能更接近无限……

126

真正的探索并不是抱持已有的知识去探寻，而是始终对未知保持敬畏，始终以一种开放的心态对待一切的发生，始终以全新的视角看世界。

127

当你对事物的认知还是一种知识的时候，它便成了你思维意识的束缚……

128

能够使你困住的，往往不是能力的问题，而是那些被忽视且没有被察觉、自动化、带着评判与局限的认知……

129

当你为自己建立认知，就是在给自己制造"牢笼"……

130

　　无论任何层面的自我定义,都是在给自己制造牢笼,定义本身就是一个"停滞"的认知……

131

　　你的认知好比一堵墙,它保护了墙内的自我,同时也禁锢了你的自我,把你关在了认知的墙内……

132

你先为自己创造了局限,然后又为自己建立了不自由的认知。

133

一个人的"缺点"和"优点"都来自他所处时代集体意识的认知,并非源自他本身,他本身并无定义。

134

真正的贵人，不是延续你的认知，而是打破、颠覆你的认知。因为延续是一种累积的行为。颠覆你的认知才会使你成为时刻全新的，这也是自由的本质，这时候你才是真正丰盛的。

135

真正的智者不会把你带进属于他自己的智慧殿堂里，而是帮你迈出思想禁锢的门槛，助你进入无限的觉知，并成为更好的自己。同时，他不会带着已准备好的"标准答案"来面对你，他永远是全新的，不会带给你任何禁锢……

136

一切事物都不真实存在,但又真实存在于你的认知中……

137

所有的"客观"现实,都是基于你的主观定义而呈现的……

138

能阻碍你认识生命的,恰恰是你对生命的认知……

139

发生本身并没有任何意义,你赋予它什么意义,就决定了你有什么样的体验和感受……

140

"匮乏"与"丰盛"都只是一个感受,它们和所谓的"事实"毫无关系……

141

并没有任何现象会使你幸福或受苦,使你感到幸福或受苦的是你对现象的认知……

142

"受苦"的程度,与由认知所产生感受后的自我执着程度是等量的……

143

要为"想要"的感受匹配认知,而不是经由固定的认知而产生感受……

144

要有认知的完美,而不是被完美的认知……

145

并不是你产生了认知,而是认知产生了"你"……

146

只是引发思考,不去定格认知……

147

不要让十万个为什么中的每个问题有一个为什么,而是让每一个问题中有十万个为什么……

148

世界不是事物的总和,而是你认知的总和……

149

如果你不能松动你的认知,你就没有实际意义上的"提升"……

150

　　当人类在本质并不确定的世界中寻求确定性,所谓的"规律"就被创造出来了……

151

　　各种有限的认知累积在一起便形成了所谓的"规律"……

152

规律本身并没有规律,它是由有限的认知所产生的线性定义……

153

其实所谓"艺术",只是在"意识流"催动下而产生的"认知",不是什么是艺术的,而是你认为什么是艺术的。同样,不是什么是好的,而是你认为什么是好的。

154

有些人想要了解这个世界，或觉得自己和这个人相处很久了，很了解他，这本身就是局限的认知。"时刻全新"是一切事物的本质，一切都是流动的，就连自己也无法了解自己，包括热爱都不是"停滞"的，没有固定的热爱，也没有热爱的固定……

155

当你发现大部分人的认知和你是一样的时候，这恰恰是你该停下来反思了……

156

请你不要为自己不同于他人的思维和认知，以及别人为此的批判而感到沮丧，因为世人现在所接受的常识都曾是被批判的前人当时不同于他人的思维和认知。爱你所爱的，做你喜欢的，成为你自己……

157

再"完美"的事物，只要你抱持它是有问题的眼光去看待它，都会从中发现"问题"……

158

问题并不真实存在,它只是一个对现象的定义。

159

你的"问题"都是由为你解决问题的人制造出来的,他们首先为你植入"问题"的认知……

160

　　凡是那些为我们"解决问题"的认知系统，其实都是在给我们制造问题……

161

　　解决问题的唯一方式，就是提高自己的思维意识，以及扩大自己的心量，意识越高、心量越大，问题就会越小。意识和心量达到一定程度的时候，问题自然就被消融了。

162

　　当你意识到了其实这根本就不是问题的时候，问题才会得到根本的解决……

163

　　鱼游在海，海却把自己看成鱼，海中有各种存在，而你是海，但你却认为自己只是其中的某些存在……

164

　　一个没有"独立思考"的人会形成固定的认知,甚至是"文明"准则;而一个有"独立思考"的人有自己的准则,并且是松动的、柔软的……

165

　　当你不再试图用自己有限的认知去同化他人,你是更加柔软,且有力量的……

166

当你能看见事物都是基于"一切对立"的认知,并无条件地"臣服"以及绝对地信任时,你就是全然的……

167

意识,是由"无限个信息叠加态"在无意识状态下而产生的……

168

关于量子纠缠，并非微观粒子有意识，而是因为意识才有了微观粒子……

169

一切存在都是"系统"的工具，意识也是"系统"投射的假象，与其说"我"在体验这个世界，不如说这个世界在验证我……

170

各类所谓的神通体验与"看见",只不过是他们接受了某些事物观念的暗示和以往的集体意识所策动而投射出来的幻象……

171

一切都是"主观"的,从来不存在可以独立于你的主观意识之外的客观实相……

172

你真正要突破的,不是那些你还没有做到,或者不会做的,而是那些你还没有察觉并意识到的……

173

我所说的"放下",并不是你把一个事物拿起来之后再去放下,这个放下并不是拿起的对立面,而是结束了拿起与放下之间的分别,是你深刻地意识到连拿着的那个事物都是虚幻的。

174

当你意识到并没有任何事物需要被放下的时候,这反而是真正的放下……

175

当你意识到,"未知"其实就是"已知"本身,你就不会再累积已知了……

176

　　你对事物的判断是基于"自我维护"而给它贴上的标签,这并不是"客观"事实,它会随着心境的变化而变化,它是你意识的投射,同时又作用于你的意识……

177

　　你所意识到的一切都是虚幻的,但是也是你真实意识到的……

178

意识是真的,意识到的东西不是真的,就像梦是真的,梦里的东西是虚幻的。

179

意识是"整体",并没有"流动",但它却在头脑的推动下流动……

180

真正的平静不是从情绪中出离,而是从意识中出离……

第四章 见到除你之外的其他

181

你要深刻地意识到：所有的经历都是为"你"而发生的，并不是发生在你身上，包括这本书也是为你而写的，并不是我要写一本书……

182

"经验"是愚者的"哲学"，"哲学"是智者的"经验"。

183

"生存"不是任何人的功课,充满喜悦的"创造"才是……

184

路不是你走出来的,"路"是自动延续到你脚下的,其实"你"就是路的本身……

185

星辰既在你的头上,也在你的脚下……

186

哪怕那些你认为是努力追寻来的事物,其实也是自然到来的……

187

人们不会真正意义上明白什么,万物都不是"停滞"的……

188

当你明白了没有什么需要被明白,同时你也什么都不明白,这时你便真的明白了。反之,如果你认为需要去明白什么,同时也明白了什么,那么其实你什么都没明白……

189

你所认为真实存在的一切事物，本质上并不真实存在，当你能够看清这个"真相"，欲望自然就被消融了……

190

虚无是一种真实存在的状态，这种状态什么都没有，但什么可能性都存在……

191

你无法体验虚无,但虚无本身就是个体验……

192

重要的不是你听到了什么,以及你看到了什么,而是你从中感受到了什么……

193

醒着或是睡着都是"清醒"的，而半睡半醒才是迷茫的，犹如头脑越清晰，感知就越模糊……

194

一件事物，与其去分析和判断，不如全然投入与如是感知……

195

　　只是观察,没有观察的人,同时也没有什么被观察……

196

所有的"偶然"其实都是你还没有意识到的"必然"……

197

真正的思考不是为了寻求答案,而是思考本身。

198

  真正的发现,不是去寻求新的事物,而是拥有全新的视角……

199

真正的距离不是他和你的距离,而是你和他的距离……

200

要想了解光,你要成为光;要想了解爱,你要成为爱……

201

当你在"不确定"中感受是舒适的,那么你内在的"确定"就绽放了……

202

你所能"见到"的都在你之内,你不曾真正意义上"见到"除你之外的其他……

203

当你相信还没有发生的,就会发生你所相信的……

204

　　一切经历都是整体的一部分,无论你正在经历着什么,请你相信,一切事物都在完美的秩序中发生着,并且它们都会自行完美地解决……

205

当下是"你"唯一存在的地方，过去与未来都只存在于你的头脑里……

206

每个人的属性和天赋是既有存在的，也是在不断更新的，流动中蕴含着无数的可能性……

207

你所擅长的,都不是"努力"的结果,那是你的热爱、你的天赋……

208

在热爱与享受的状态中是具有巨大创造性的……

209

你不必"担心"任何事情的发生,因为任何事情你都无法"控制",一切都是无选择的,当然也包括你此时的担心……

210

你只需听从自己内在的声音,无须去寻找"权威"给出建议,因为你同样可以从其他"权威"那里找到与其完全相反的建议;但其实"未来"已经在当下发生了,只是你的意识使其头脑进入了线性的幻象中,并产生了时间的"感受",你的本质是"无选择的"……

211

　　看似是你选择了道路，实则是道路选择了你，你与你的道路从未分离，本就一体……

212

　　你并没有真正地选择过自己的道路，你只是跟随着"选择"……

213

每一个选择中都蕴含着拒绝,选择和拒绝是同时发生的,如果你是整体的,你又如何去选择呢?你必须成为无选择的,然而无选择并不是不去做选择,而是可以与选择并肩同行……

214

从根本上讲,没有一个可启发他人的我,同时也没有一个可以被我启发的他,本质上并没有我也没有他,或者说我就是他,他就是我……

215

一切事物其实已经"结束"了,因为本质上这一切并未真实地"发生"……

216

没有什么可以被实际地"改变",一切发生都早已发生……

217

　　要看到这个世界是由"你"创造的梦,同时也要看到梦中的一切都成了你……

218

　　世界并不存在,只是你想象出来一个存在的世界……

219

你并不在整体之内,而是整体在"你"之内……

220

整体以个体运动的方式静止着……

221

当静止越来越静止时,流动也会越来越流动,它们是同步、同体地发生……

222

你所体验到的任何感受都是自然的、合理的,同时它们只是在发生,无须刻意地去关注以及处理什么,它们只是瞬间的存在,给予你体验或启示。

223

　　一个明确的决定并不是由某些原因或理由催促成的，而是你先有了决定然后才去为这个决定匹配充分的原因和理由……

224

　　"终点"是全新的、流动的，也是虚无的，它只是配合着"过程"而存在……

225

"实相"无法被叙述,凡是能被叙述的也不是"实相"……

226

如果真理是某个具象的存在,那么可以说并没有真理,真理是整体性的……

227

你寻求真理时，一切伪装成真理；你结束寻求时，"真理"伪装成一切……

228

没有任何路径可以通往"真理"，当你结束路径时，真理就会向你走来……

229

其实不完美，恰恰就是个很完美的设定……

230

完整并不是没有残缺，而是接纳了残缺的存在。

231

从你"存在"的那一刻开始,你与周围的一切本就是完美的,只是许多事物没有按照你"想要"的方式运行与发生,不符合你对完美的认知。同时真正的完美并不是没有残缺,而是接纳了残缺的呈现。

232

每一个刹那都蕴含着永恒,所谓永恒,并不是在时间的永续里,而是在你结束了对时间的分别里……

233

"没有分别"是一种状态，不是一种思维，当它成为一种思维标准的时候，本身就是一个巨大的分别，那就是"没有分别"与"分别"之间的分别……

234

"没有对立面"不是一种认知，它不是头脑能理解的一部分，而是你全然"放下"头脑所产生的一种状态……

235

　　我常说"安住"在不确定中,但如果"安住"不是一种状态而是一种动念,那本身就和"安住"无关……

236

　　真正的和解,是从每一个念头以及每一个经验的定义与分别中出离,并不是这样是不好的,那样是更好的,而是一切都是自然地发生。

237

如果可以与"发生"达成和解,就不会想要改变任何发生,同时也没有什么需要被改变,一切都是在整体中的自然流淌……

238

痛苦和喜悦、期待和恐惧、光明与黑暗、生与灭、得到与失去,一直是同步并相互依存的,它们本身就是一个整体,这就是完美的本质……

239

我不会因为有烦恼,而感到烦恼,但我会烦恼;我不会因为有快乐,而感到快乐,但我会快乐。

第五章 爱是一种状态

240

爱是一种状态,他不在已知中,他与未知同频同在。同时,爱的反面不是不爱,而是结束了爱与不爱之间的分别。

241

爱是"自性"的彰显,它没有任何特定的目标,也没有任何层面的意图,它就像太阳,只是给出自性的光芒与能量,它此刻的明亮、温暖以及与万物恰好的距离,就是这么自然地与一切共融相生。

242

爱只是给予和付出，它没有任何层面的期待与索求，然而当你找到了你可以给予爱的人和事物的时候，更大程度上反而是他们的存在成就与滋养了你……

243

爱真的存在吗？人们只是以爱的名义占有，只是以爱的名义索取，只是以爱的名义寻求确定，只是以爱的名义消除自己的恐惧与迷茫……

244

　　真正的爱,不需要任何目的,也没有任何原因,它是一种无时无刻地散发着自性的喜悦与平和。

245

　　当你对爱不需要一个目标的时候,你就已经成了爱,或者说你就是爱本身……

246

爱是有回应的,但并不是所谓的回报,它是由整体去平衡的,而不是以个体的方式去呈现的……

247

爱是一束无所不能的光,照亮那些本就明媚的地方……

248

那些想要唤醒别人的人,其实他们也是在梦中……

249

一种相信于一切的"相信",它就不再是相信了……

250

在"相信"里,并未相信些什么。"相信",如你……

251

凡是能与你"共情"的人,反而是不了解"你"的人……

252

真正的"知己"往往"无言"以对……

253

当你还有"敌人"的时候,那么你也从来没有过真正的"朋友"……

254

真正的"改变"是从不再寻求改变而发生的，因为自从人类文明形成以来，亘古不变的就是人们一直都在"寻求改变"……

255

什么才是真正的富足呢？你只需要具备两种状态，第一，你要清楚地意识到万事万物都是你的，第二，你也要明晰事物没有一样是属于你的，并让这两者合而为一，成为整体。除此之外，任何层面的拥有都会使你匮乏，因为总有某些事物或层面不是你的。因此真正的富足的对立面不是匮乏，而是结束了富足和匮乏之间的分别……

256

接纳其实不是对外的,它是对内坚定的一种呈现。当你对"内"越坚定的时候,对"外"才会越接纳……

257

你不需要去向任何人证明任何事,包括你自己,太在意外在的理解与认同,其实是对内的不够坚定……

258

　　真正的接纳是连接纳的概念都没有，当你真正地意识到你与世间万物本就是一体的，并且一切都是虚幻的呈现，你就不会再去寻求接纳，因为接纳是你本有的状态,你只是全然地存在着……

259

　　那些没有被自身察觉的"不接纳"，会用"伤害"的形式来提醒你它的存在。你在人生中遇到的所有问题，都是生活给予你的礼物。生活从来都不会为难你，只是站在它的视角用了最适合你的方式来成就你……

260

　　学习是一种状态,是你生命中本有的一种发生;学习不是一种累积行为,你必须从所有的累积意图中出离,才能进入学习的状态……

261

　　真正的学习并不是你对事物认知与思想的累积,而是你可以时时刻刻保持对事物当下全新的觉察,并且只是觉察,而没有觉察的人,也没有什么被觉察……

262

　　觉察就是对一切发生不加以自我观点和认知的全然观察，如果你对生命能时刻保持觉察的状态，那么你就会发现一个全新的世界……

263

　　你只是全然存在着，你没有任何定义，"时刻全新"是你的本质……

264

"时刻全新"就是你在每一个境遇中,都是灵活的、松动的,并且不是用过去已有的认知以及固有的模式来应对"此刻"的……

265

这一刻你没有任何期待和欲求,你只是存在着,存在于此时此刻,当下是一种状态,它不在时间与空间的概念里……

266

"你"与时间和空间是保持相对独立的,而不是你处于时间与空间之中……

267

只要存在,就会一直存在,就连虚无也以不存在的方式存在着……

268

　　临在,是在一个"片刻"没有了目的性与主动性,且与万物融为一体并同频共振的一种状态……

269

　　没有单独存在的过去,也没有独立存在的未来,只有过去、此刻与未来融为一体的现在……

270

所有的发明实际意义上都只是发现,一切事物早已存在……

271

没有新的与旧的,只有正在发生的……

272

　　我不会因为与当下无关的事情而错失此时此刻，我对未来没有期待，同时也没有"未来"……

273

　　未来并不存在，它是无数个当下的累积。对未来的恐惧是当下无数个不安的堆叠，本质上并没有意义……

274

　　一件事物所蕴含的所有可能性都已经平行且同时发生了……

275

　　"无知"与"坚定"往往是"并行"的……

276

若想要"一直"抱持某样事物,你要一直与它一起保持同步变化,而并非是"停滞"的……

277

人们从来不是要寻求某种具体的事物,而是陷入寻求的概念中无法自拔;同样地,人们从来不是要坚守某种具体的事物,而是陷入坚守的概念中无法自拔……

278

　　追寻只是一种"假相",你之所以认为自己缺失什么,是因为你陷入了追寻的"假相"中,并由此催促着你在生命过程中循环往复且永无止境地去追寻……

279

　　人们往往都处在被"美好期待"所奴役的过程中……

280

当你被"美好期待"所奴役时,你便只是一个期待"美好"的奴隶,而永远无法成为所期待的"美好"本身……

281

你总是在分别什么是好的,什么是不好的,所以期待美好,当你一旦去期待美好,就会恐惧不美好的事情发生……

282

从此刻开始，我要深深地告诉自己：我不再期待未来变得更好，我愿意在未知的状态中安住，与一切的不确定达成和解……

283

你的存在并没有满足别人期待的义务，要有勇气面对任何个体以及集体的"讨厌"。更深层面的是要看到你正在被"美好形象"所奴役着……

284

你是完美的,但并不是落到某一个细处的具象完美,它是一种绝对的、单纯的,且整体的完美,或者说你就是完美,你的存在就是完美本身……

285

所有的情绪都是一种自然地发生,它们本身是流动的,你无须刻意去保持某种情绪或者试图去改变它……

286

快乐、生气、郁闷、兴奋等一切情绪本身是流动的,如同四季的交替循环,当你可以在任何情绪中放下对它的分别,只是和情绪待在一起,那时就会看到它们各自的"价值"与"美好"。不必紧握什么,也无须推开什么,进入并与它们成为朋友,就如同你欣赏四季之美。

287

方向与目标往往是你烦恼的源头……

288

痛苦和逃避痛苦是两回事,但它们都只是"瞬间"发生的……

289

人们对事物的爱,往往是基于其对立面的恐惧……

290

强烈的期望中往往蕴含着巨大的恐惧……

291

恐惧感并不来自不确定中,而是来自你认为自己确定了什么,无论任何事情,我们想象中可怕的程度都远远超过事实本身的程度……

292

在世界的不确定中,头脑对确定性的追求是"恐惧"滋生的温床,想象力是土壤,越肆意,越生长……

293

我们唯一能确定的就是一切事物都是不确定的,然而这恰恰也是一种确定……

294

人们往往寻求的只是此刻对"未知"确定性的心理安慰,而不是事物"未知"的确定性……

295

逻辑、经验、猜测、推断等都是一种深度的自我欺骗,它们告诉你事物的运转是蕴含着某种"确定性的",并且不断地使你越发依赖于它们……

296

"自律"与"控制"之间的区别在于，一个源自觉察，一个源自恐惧……

297

自律这个概念本身就是个牢笼，如果促使你自律的是恐惧和不接受某种样子，那么你始终"停滞"在恐惧的状态中，越是坚持自律越是累积恐惧……但你时刻是全新的，"自律"只是整体中的一种流动……

298

"自律"并不重要，它本身就是一个选择，你只是以选择的方式选择了你更想要的……

299

当你能够安住于自己的浮躁，那便是一种"平静"，然而与浮躁对抗的平静本身也是一种"浮躁"……

300

平静不是最重要的,平静是一种状态,所有的状态都重要;快乐不是最重要的,快乐是一种情绪,所有的情绪都重要。

301

有原因的"热爱"就不再是热爱了,它变成了欲望……

302

做你热爱并擅长的事，包括"真诚"和"爱"，并让它们自然地由内而发……

303

"商业"的本质不是需求，而是恐惧，恐惧激发需求……凡是"贩卖"需求的，都是制造恐惧……

304

　　我喜欢孤单，但并不感到孤独，繁华本身就是孤独的一种表现形式……

305

　　快乐的最快乐处是"悲伤"，局限的最局限处是"自由"……

306

要"快"点,但是要"慢慢"地,慢到了近乎止,你便成了整体,"慢"下来的过程,也是你"强大"起来的过程……

307

你认为慢慢发生变化的事物,其实都是瞬间的发生……

308

当你可以在时间的"流逝"中毫无顾忌地"虚度",这是浪漫的,如果你能在虚度时光中感受到快乐,那么最有"意义"的不是快乐的感受,而是虚度时光……

309

一旦你"一事不做"便会感到彷徨不安时,那么恭喜你,你已经被成功地"驯化"了……

310

没有完美的存在,只有对存在完美地诠释;没有奇迹的现象,只有对现象奇迹地诠释;没有正确的定义,只有对定义正确地诠释……

311

只有心是你唯一的老师,什么心呢?一颗时时刻刻保持敞开与学习的心……

312

所谓"创新",都是对"已知"的延伸与累积,它只是对"过去事物"的一种抄袭,或者说是对旧事物的一种重新排列和组合。然而真正的创新只能发生于你对"已知"结束了所有的依赖。

313

当你不想守旧,而要去创新,那么你又进入了"守旧"……

314

在自由的状态中,你不会有想要"创新"的意图,你已经消融成了整体,并且时刻是全新的。创新不会成为一种发生,它只是整体存在中的一种状态……

315

人们对于"受苦"往往坚定不移,对"幸福"却总是感到彷徨不安……

316

"受虐"往往更利于"维护自我",大部分人能克服苦难,但不能享受幸福……

317

看见"看不见的",这并非出自好奇,而是深度存在的需要……

318

人们总是向往永恒,却期待事物有始有终……

319

如果没有影子,也就没有了世间……

320

没有形式上的高低,只有诠释上的差异。

321

能全然接受被"帮助",本身就是一种强大的表现……

322

比起一睁开双眼就进入虚拟的世界,我更喜欢闭目后的黑暗与神秘……

323

真正的神秘不在"神秘"里,而是在不被察觉里……

324

当你成了"无可取代",你便也成了"停滞"……

325

"故事"是"大人"的工具,"孩子"的牢笼……

326

会累积的也终会腐朽,你从哪里累积,就从哪里进入匮乏……

327

当自己的状态与外界的发展达成和解并且保持相对静止,那时对未知的恐惧便会走出你的感知……

328

"链接"是一种更深层次的分裂,它是以个体为依托,但你本就是整体的……

329

整体可以分解出局部,但局部无法回到整体……

330

欲望与放下欲望都是一种状态,"放下欲望"是一种由内而外的发生。同时,试图"放下欲望"本身就是被欲望所驱使的。

331

你无须强迫自己放下欲望,越是强迫越是持续;当你看见此刻欲望正在呈现,放下欲望就是一种自然地发生。

332

你无论追寻什么,都会在追寻的路上无始无终,因为在人类的观念里没有最到达,只有更到达……

333

能够偏离的是诠释,而不是发生,发生没有定义……

334

会过去的、会到来的、会拥有的、会离别的;从未过去、不曾到来、从未拥有、不曾离别……

335

信息没有保质期,永远是新鲜的,无论你何时收到它,都是整体此刻要让你知道的。

336

志向在宇宙之巅的人,不会流连于路途中的奇星妙辰,他的目标坚定,宇宙之巅!"宇宙之巅"也是"虚妄",越是洞见"虚妄"越能勇敢前行……

337

我早已是漂泊本身,所以从未感到漂泊……

338

是孤单的或自由,是隐入尘埃的或充满宇宙的……

339

我没有"享受"的意愿,但我有享受的状态……

340

　　虚幻不能出离虚幻，认知不能脱离认知，自我又如何能释放自我？那么，就让虚幻来累积虚幻，用认知来定义认知，使自我来打破自我。这时本来"整体"的状态就会在这返寻的"逆流"中显露与绽放……

341

　　发生是头脑的效应，消融是累积的归宿……

342

　　人们只是借由某个事物而产生贪恋，并不是贪恋这个事物，只是贪恋它的本身……

343

　　伟大与渺小、幸福与困苦、瞬间与永恒，都只是在你的感受里……

第六章 存在本身就是生命的答案

344

"生命"是由局限的认知所产生的感受的叠加……

345

生命是用一种认知去颠覆另外一种认知,并由此循环往复的过程……

346

所谓"命运",就是人类在头脑线性运动所产生"时间"的感受下,基于所累积认知总和的意识投射……

347

从线性的角度看,生命中的一切都会过去!从整体的角度"看",生命并不真实存在……

348

奇迹的并非是你如何存在,而是你竟然存在……

349

存在本身就是你生命的答案……

350

"恐惧"是生命运动的第一驱动力……

351

快乐以及烦恼都是你生命中一种自然的情绪流动,并没有任何定义,也没有任何分别。

352

每个人都活在相同物质世界中的不同精神空间里……

353

生命是一场没有明确方向的旅行，如果让我回到起点再重来一遍，我依然坚定地选择同样的旅程，在同样的地方跌倒，再站起来，在同样的地方流连，然后再继续前行……

354

很多人在生命过程中内心都有一个方向或一个期待的结果，他们会在起点到达终点的过程中，不知道该如何到达目的地或者能否到达目的地而感到迷茫，而一个有智慧的人是全然的迷茫，因为他时刻是全新的……

355

生命就像是一场梦，尽情肆意地去体验你的梦吧，你必定会毫发无损地从中醒来……

356

生命是一场"感受的游戏",一旦认可了其中的得失,就如同给你的生命套上了枷锁……

357

请"勇敢"一些,去"冲破"那些被外界的"期望"与内在的"恐惧"所套上的"生命枷锁"……

358

生命是一场游戏,而勇敢是"我"的"载体"……

359

有一种勇敢就是抛弃对已知的所有依赖,不再向"后"看地往"前"走……

360

真正的勇敢不是有胆量对抗前方所谓的"危险",而是了知整体并全然地与未知同在后的淡然……

361

"永远"不会有人能够完全了解你,就如同你也无法完全了解自己,"时刻全新"是生命的本质,所以你永远无法肯定,以及明确地说出什么才是你真正想要的……

362

生命是一曲"赞歌",每个人的生命是独属于自己律动的旋律……

363

任何生命的"意义"都是基于过往"已知"所组成的"概念系统",即使看似更先进的观点也只是另一个"概念系统"。一切都是从一个定义奔向另一个定义的过程……

364

　　生命本身是没有意义的,所谓意义只存在于分别与对比中。不用去追寻生命的意义,你存在的本身就是生命的最大意义……

365

　　使命感是一种深度的自欺,存在是先于意义的,然而整体也没有"先于"……

366

意义是认知创造的定义,也是整体创造的一部分。"创造"是幻化的真实……

367

当你可以真实意识到生命的本质是没有意义的,你的生命才开始有意义……

368

  与其追求生命的意义,不如让生命变得更有趣,有趣的是内心深处的连接,有意义的是头脑寻求的答案。

369

  当你的认知"停滞"在生命是有"规律"的,那么从某种意义上说,你的生命从未真正地"开始"……

第七章 从一切"已知"中出离

370

让自己死去,让自己的标准和模式死去,每一个"瞬间"都是新生……

371

人们生来"未知",然后进入"已知",又从"已知"回归"未知"……

372

"我"正以"存在"的方式走向"消亡"……

373

待我消融于世间,请让我化为一切来拥抱你……

374

在相遇时别离,在消亡处重逢……

375

源自虚空,存于无穷,生命的过程,既充满亦虚无……

376

你是充满的,同时也是虚无的……

377

你在永恒不变的变化中虚无地存在着……

378

　　活着就是"生"与"死"的叠加态，它是从整体的坍塌中所产生的体验……

379

　　死是整体中的一部分，是我们都必定要经历的事情，而造成死亡的最根本原因是出生……

380

其实你从未生过,也不曾死去,生与死并不真实存在,但是又有无数个生与死同时并平行地发生着……

381

每个人都必定会死去,但并不是每个人都曾经"勇敢"地活过……

382

　　死是对"自我"的更新，这里蕴含着巨大的自由……

383

　　如果时间的流逝不是假象，那么你要明白，每个人最终都要面对死亡，流逝的每一分每一秒都会让你距离死亡更进一步。既然这样，你还有什么好恐惧的呢？大胆向前，横冲直撞！

384

不用去寻求智慧，生命本身没有智慧；不用去寻求原因，生命本身没有原因；不用去寻求定义，生命本身没有定义；甚至不用去寻求爱，生命本身没有爱……然而，当你不再寻求的时候，你便是一切，同时你也是生命本身。

385

当你执着于追求成为更好的自己，你的潜意识一直都在否定此刻的自己，你始终认为自己不够完美，才想成为更好的。然而，此时此刻你是最好的，这是你生命的本质；下一刻会更好，这是你生命的状态。你的本质和你的状态叠加在一起，就成了完整的自己。

386

你要成为自己生命的光,其他的光都是折射。然而当你"自我"消融成了整体,没有了头脑的对立与分别,万物的光都是你自己生命的光……

387

如果你是一盏明灯,你不需要为了照亮世界而发光,你只要发光就好了;如果你是一朵鲜花,你也不需要为了美丽这个世界而绽放,你只要绽放就好了……

388

欣赏花开,同时也欣赏花谢,鲜花的绽放是不在乎有没有人欣赏的……

389

自由就是结束了一切固定且确定性的认知,它是从一切"已知"中的出离……

390

你的头脑总是追求事物发展是有确定性的，并且恐惧不确定的未来，所以你才要依赖于"已知"。然而唯一能确定的就是一切都是不确定的，事物是一直在运转与变化的。如果能从对追求事物确定性的状态中出离，那么你就是自由的，因为"未知"就是无限的自由……

391

我常说：自由是从"已知"中的出离，这里出离的意思并不是从某个地方离开后去到另一个地方，而是指你能够清晰地意识到你所经历的一切事物并不真实存在，它只是个幻象……

392

你所追求的"自由"本质上是不存在的。它是由各种认知和定义形成的概念,并因此影响你的"感受"……

393

当你不再执着于一个认知或依附于某种习惯,那么你的意识就挣脱了束缚,你也就"获得"了自由……

394

真正的自由并不意味着你能够去选择,而是成为无选择的……

395

要用"自由"的状态去经验一切的发生,而不是用经验的方式去寻求"自由"……

396

任何形式的"拥有"都是你生命的"枷锁",当你"一无所有",生命才会恢复"自由"……

397

真正的安全感不是从你获得了什么中才拥有的,而是来自你"一无所有"……

398

"一无所有"也是一种脱离了一切关系的拥有,"一无所有"反而拥有一切,无有之有,方为大有……

399

沉迷而又不执着,是一种自由且有热度的存在方式……

400

当你在意义、定义、概念、答案之间围绕时,你就已经自愿交出了自己的自由……

401

在"丰盛"的视角里,没有丰盛,在"自由"的视角里,没有自由。

402

如果你想要用"自由"换取欲求,欲求不会被满足,同时你也失去了自由……

403

真正囚禁你的是"自由",那些追寻自由的人,往往也是寻求禁锢的人……

404

"你"有多少限制,自由就有多少限制。

405

前往"牢笼"的道路,往往是由"自由"意愿所铺垫的……

406

当你寻求自由,你会感受到"此刻"的禁锢,如果你连自由的"概念"都没有,禁锢和你又有什么关系……

407

除了自由,一切都让我感到"自由"……

408

所有的"局限"都是尚未成熟的"自由"……

409

所有的梦想都是"自由"的障碍……

410

关系本身就是一种分离的概念,它也类似于一种基于恐惧的"商业"……

411

所有的关系都是依赖和禁锢,它们最终都会走向对立。所有的关系都是以自我维护为基础建立的……

412

你要从所有的关系中出离,然后再回到一切关系中,那时你才是自由的……

413

"从关系中出离",就是你已经没有了关系中的自我定义,你在与一切和解的状态中流动着,你允许自己如其所是地一切发生,以及周围事物的一切变化,当关系不再是一种分别,你便成了整体,那时关系就消融在了整体里……